图书在版编目（CIP）数据

妈妈，我们永远在一起 /（西）米格尔·坦科著绘；红披风译．-- 北京：中信出版社，2021.9（2021.12重印）

书名原文：MOM AND ME, ME AND MOM

ISBN 978-7-5217-3359-4

Ⅰ．①妈… Ⅱ．①米… ②红… Ⅲ．①儿童故事－图画故事－西班牙－现代 Ⅳ．①I551.85

中国版本图书馆CIP数据核字（2021）第141396号

妈妈，我们永远在一起

著 绘 者：[西] 米格尔·坦科
译　　者：红披风
出版发行：中信出版集团股份有限公司
（北京市朝阳区惠新东街甲4号富盛大厦2座　邮编　100029）
承 印 者：北京九天鸿程印刷有限责任公司

开　　本：880mm×1230mm　1/24　　印　　张：1.5　　字　　数：25千字
版　　次：2021年9月第1版　　印　　次：2021年12月第2次印刷
京权图字：01-2018-3588
书　　号：ISBN 978-7-5217-3359-4
定　　价：35.00元

服务热线：400-600-8099
投稿邮箱：author@citicpub.com

出　　品：中信儿童书店
图书策划：红披风
策划编辑：吴岭
责任编辑：刘杨
营销编辑：易晓倩 李鑫橦 张旖旎
装帧设计：李晓红

妈妈，我们永远在一起

[西] 米格尔 · 坦科 著绘 红披风 译

中信出版集团 | 北京

我能把你叫醒，

也能改变你的心情。

POST

我测试你的柔韧性，

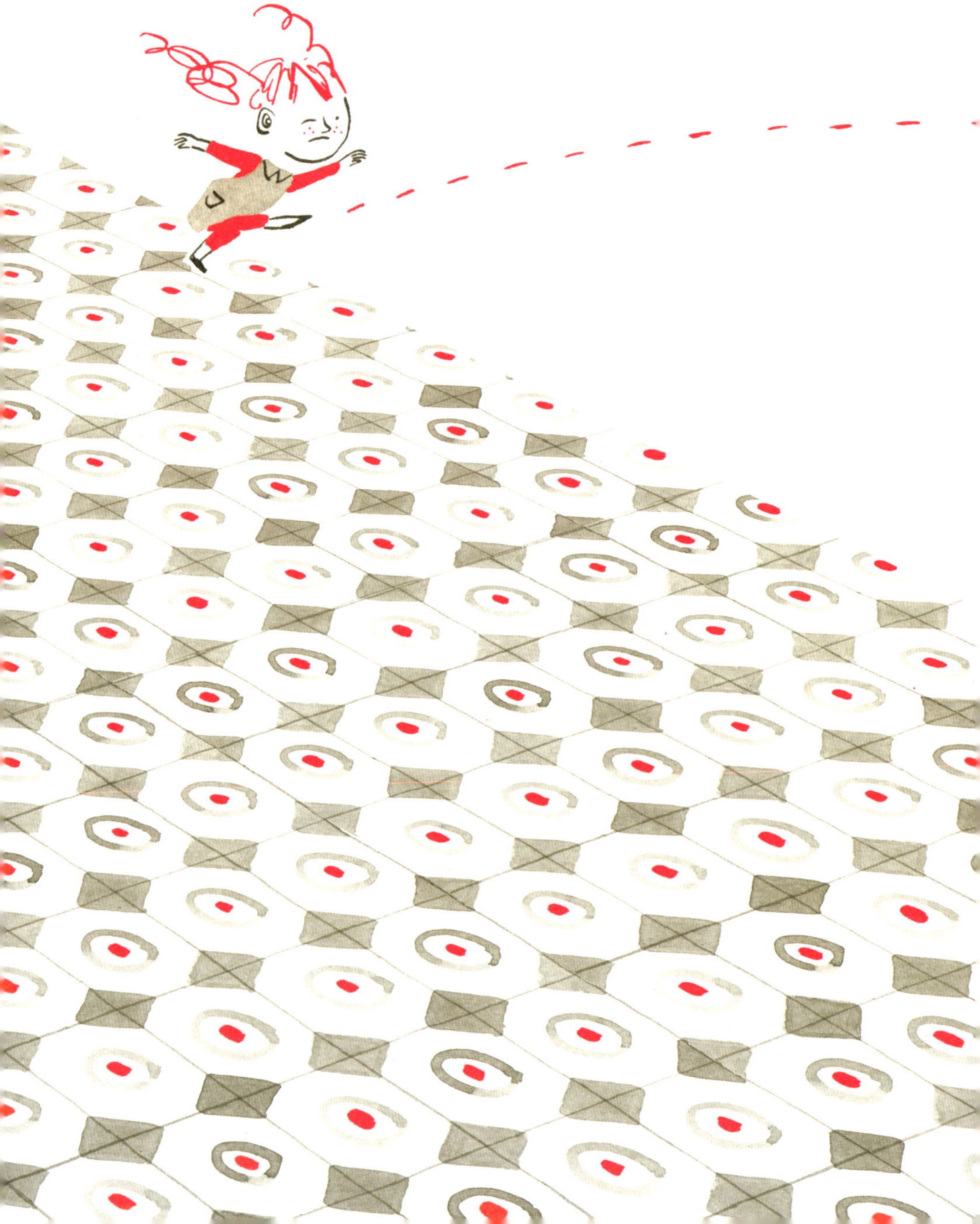

也测试你的敏感度。

我教你怎样看上去整洁，

还教你怎样变得脏兮兮。

我带你去认识大自然，

也带你去聆听大自然。

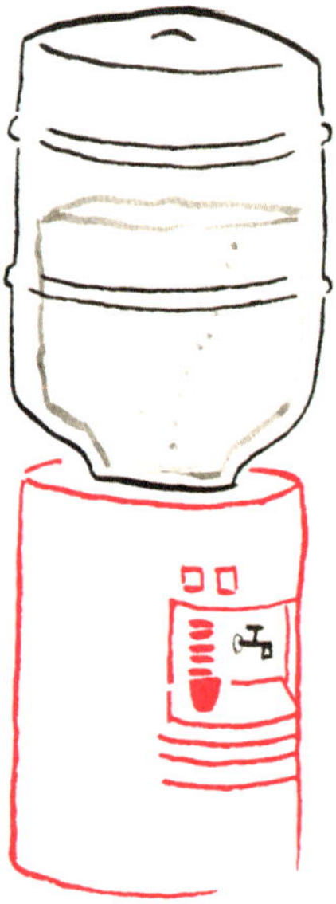

我教你用不同的眼光看事物，

还带你认识新朋友。

你做什么，我就做什么，

你说的话，我都会替你保密。

我帮你跳得更高。

尽管我很小，
但是我会教你怎样看得更远。